万国儿童文学经典文库

牧童和强盗

[日本]新美南吉 著　张家庆 编译

吉林出版集团有限责任公司　全国百佳图书出版单位

图书在版编目（CIP）数据

牧童和强盗 / （日）新美南吉著；张家庆编译. --长春：

吉林出版集团有限责任公司，2014.12

（万国儿童文学经典文库）

ISBN 978-7-5534-7154-9

Ⅰ. ①牧… Ⅱ. ①新… ②张… Ⅲ. ①儿童文学—民

间故事—作品集—日本 Ⅳ. ①I313.85

中国版本图书馆CIP数据核字(2015)第019550号

牧童和强盗

MUTONG HE QIANGDAO

著　　者	[日本]新美南吉	
编　　译	张家庆	
策　　划	祖　航	
责任编辑	李　娇　祖　航	
设计制作	长春圣在动漫学校	
开　　本	16	
字　　数	10千字	
印　　张	5	
定　　价	25.00元	
版　　次	2015年7月　第1版	
印　　次	2015年7月　第2次印刷	
印　　刷	北京市俊峰印刷厂	
出　　版	吉林出版集团有限责任公司	
发　　行	吉林出版集团有限责任公司	
地　　址	长春市绿园区泰来街1825号	
电　　话	总编办：0431-88029858	
	发行部：0431-88029836	
邮　　编	130011	
书　　号	ISBN 978-7-5534-7154-9	

　　儿童文学起源于人类对儿童的爱与期待，是人类文明的结晶。它以爱的形式，滋养着人类不断繁衍和发展，以对真善美的颂扬担负培育良知的重任。它是爱的文学，帮助儿童认知爱，理解爱，拥有爱。它是真的文学，教育儿童崇尚和追求真理，并充分满足儿童的审美需求。它又是快乐的文学，培养儿童积极向上的人生观，并带给他们幸福快乐的童年生活。

　　经典儿童文学作品具有超越时代的个性魅力，它不只是一段非常有趣的故事，还对儿童的成长起着重要的引导和帮助作用。经典儿童文学作品之所以能够长久地流传，就是因为它倡导的是真理，而真理是永恒不变的。它为儿童走向成年构建了一条通畅的桥梁。

前言

　　《万国儿童文学经典文库》选择各国经典文学名著，保留原著精髓，忠实原著风格，进行精心编译，文字简洁，绘工精良，文字与图画完美结合，具有超强的感染力。本文库选取了爱尔兰乔纳森·斯威夫特的《格列佛游记》、德国格林兄弟的《格林童话》等一大批世界儿童文学经典作品。

　　我们坚信，这些儿童文学经典作品的全新出版，一定会给儿童以无限的乐趣和全新的感受，让他们逐渐认识社会，认识人生，认识自然，不断提升他们的感知能力和对现实生活的领悟能力。

　　　　　　　　　　　　　　　　　　　　　高明

　　　　　　　　　　　　　　　　　　　　　2014年5月1日

盗贼头儿望着前面的小村庄，流着贪婪的口水，满意地点了点头……

盗贼们刚走出村口，盗贼头儿好像突然想起了什么，一下子站住了……

就在这时，远处传来"抓盗贼、抓盗贼"的喊声。盗贼头儿一惊，急忙从地上爬起来……

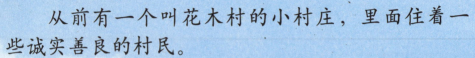

　　从前有一个叫花木村的小村庄，里面住着一些诚实善良的村民。

　　村子里每家每户都拥有自己肥沃的良田、成群的家禽、憨厚的小牛犊和蹦蹦跳跳的小马驹。一切都显得美丽和谐，人们过着幸福美满的生活。

　　一天，五个盗贼鬼鬼祟祟地来到村子附近。

盗贼穿着破破烂烂的衣服，藏在竹林里。

其中一个身材瘦高、脸上有刀疤的男人，是盗贼头儿。他望着前面的小村庄，流着贪婪的口水。

"你们几个进村去看一看，哪家有钱，哪家的门最好撬，我就在这儿等着你们！"盗贼头儿吩咐道。

"是，头儿！"另外四个盗贼懒洋洋地回答说。

"你们刚当上盗贼，可别给我搞砸了。"盗贼头儿皱着眉头说。

4

　　"听见了吗，釜右卫门？"盗贼头儿恶狠狠地对一个盗贼吼道。

　　"听见了，头儿！"五大三粗的釜右卫门大声回答说。

　　直到昨天，釜右卫门还在走街串巷，到处吆喝，揽着补锅的活，一天吃不上一顿饱饭。

　　釜右卫门给别人补锅时，曾听说村里的一户有

钱人家被盗，丢了很多金戒指、玉手镯之类的贵重物品。

恰巧，昨天他在城外碰见了盗贼头儿，于是就跟了过来，想要大赚一笔。

盗贼头儿听了他的回答，满意地点了点头，然后转向另一个人。

"听见了吗，海老之丞？"盗贼头儿的目光落在了一个满脸皱纹的老头儿身上。

　　海老之丞好像根本没有听见盗贼头儿的话，仍在摆弄一大串稀奇古怪的铁片。

　　昨天，海老之丞帮一个富翁配了一把百宝箱的钥匙，富翁很满意。可是他却不知，只要海老之丞想打开百宝箱，用他手里的这串稀奇古怪的铁片就可以轻松搞定。

　　"听见了。"发现盗贼头儿站在自己面前，海老之丞挺了挺腰板儿回答说。

"角兵卫，你听见没？"盗贼头儿的声音变得很温柔，用手拍了一下身边少年的肩膀。

　　之前，盗贼头儿在街上闲逛，看见角兵卫正在挨家挨户表演翻跟头、耍狮子的节目。

　　盗贼头儿挺了挺胸走过去，拦住角兵卫。

　　"你愿意挣大钱吗？我可以教你，我是最伟大的盗贼！"盗贼头儿得意地说。

　　"盗贼？做盗贼有什么好的。"角兵卫白了他一眼。

"盗贼可以赚很多钱，还可以走南闯北！"盗贼头儿自豪地说。

　　"好啊，我确实想到处看看！"角兵卫眨巴着眼睛，点了点头。

　　就这样，角兵卫成了盗贼头儿最得意的手下。

"你呢，刨太郎？"盗贼头儿对一个蹲在一边摆弄木匠工具的少年说。

刨太郎是一个木匠的儿子，喜欢做一些小桌子、小凳子之类的东西。昨天，他正在院子里做木凳，恰巧盗贼头儿路过。

"孩子，你想见识一下各家家具的样式吗？"盗贼头儿打断了他的工作。

"当然想，但怎么能进到别人家看呢？"刨太郎疑惑地问。

"跟我走吧，去做一个盗贼，这样你就可以走千家、入万户了。"盗贼头儿回答说。

就这样，刨太郎也成了盗贼头儿的徒弟。

14

晚上，盗贼头儿为四个徒弟举办了一个晚会。

"明天你们就是盗贼了，就会有很多很多的钱。"盗贼头儿宣布。

晚会结束，徒弟们东倒西歪地躺在篝火旁睡着了。釜右卫门的呼噜震天响，海老之丞梦中磨牙，角兵卫梦话连连，只有刨太郎睡得最安稳。

盗贼头儿在一旁喝酒，将这一切看在眼里。

"这是你们作为盗贼第一次去执行任务，一定要小心。我是师傅，就在这儿抽烟等着你们。"盗贼头儿说着点上一支烟。

　　徒弟们商量着，应该打扮一下再进村，但是要打扮成什么人呢？

　　釜右卫门根本不用化妆，本来就是个走街串巷的补锅匠。海老之丞拎着一串铁片，一看就是个锁匠。角兵卫经常翻跟头，是个天生的杂耍艺人。至于刨太郎，成天背着斧子和锯，一看就知道是个木匠。

四个人大模大样地向村里走去。

　　看着徒弟们进了村，盗贼头儿坐在草地上抽起烟来。

　　他是一个名副其实的盗贼。记得有一次，他进村去偷一个老太太家的母鸡，虽然捂住了母鸡的嘴，但却不小心撞到了鸡舍的门上，惊动了旁边的大白鹅。大白鹅伸长脖子叫起来，又惊动了狗，狗也大声呼应。村里的人们拿着棍棒，一起冲出来。

　　最后，他钻进一个地沟，才躲过了一顿暴打。

19

"现在可不一样了，从今天开始，我已不再是一个人，我当上了盗贼头儿，可以对徒弟们发号施令，让他们伺候我，让釜右卫门做饭，让海老之丞端洗脚水，让刨太郎洗衣服，至于角兵卫，就让他给我当传令兵。有他们养着我，以后什么都不用我亲自动手了。我就应该像现在这样，躺在地上，望着蓝天、白云。当头儿的感觉真是太好了！"盗贼头儿躺在草地上，咬着一根草棍儿，不知不觉竟睡着了。

"头儿，我找到活儿了！"釜右卫门大喊大叫着跑了回来。

"什么情况？"盗贼头儿从梦中惊醒，从草地上跳起来。

"村里的一个大户人家，有一口大锅，那

是一口足足可以煮三斗米的大锅，一看就很值钱！"釜右卫门兴高采烈地说。

"快住嘴吧，我不是让你去偷破锅的！"盗贼头儿狠狠地训斥道。

釜右卫门不知所措地站在那里。

"你手里的破锅是怎么回事儿？"盗贼头儿真的生气了。

"我从一户人家门前经过，发现它挂在篱笆墙上，上面漏了个洞。补这个洞太简单了，我向女主人要二十个铜板儿，她竟然答应了。"釜右卫门得意扬扬地举着手中的破锅说。

　　"你这个傻瓜，看你干的好事。别忘了你现在的身份，盗贼可以去补锅吗？你是不是忘了自

己的任务，马上滚回去！"盗贼头儿气得胡子都翘了起来。

釜右卫门这才想起了自己现在的身份，马上拎着破锅返回村里。

接着，海老之丞回来了，一副垂头丧气的样子。

"你怎么啦？"盗贼头儿担心地问。

"这里每家仓库的锁头，连孩子都能拧开，看来我要失业了！"海老之丞说着竟呜呜地哭了起来。

"失业，什么意思？"盗贼头儿有些不明白。

“我是配锁的呀！”海老之丞擦了擦眼泪说。

“你现在是干什么的，每家的锁连孩子都能拧开，这不正合我们的意吗？你难道忘了自己的身份，真是个蠢货！”盗贼头儿气得火冒三丈。

“对啊，这不正是我们求之不得的吗！”海老之丞恍然大悟，转身返回村子。

一阵笛声传来，这次是角兵卫回来了。

"别吹啦，当盗贼要尽量不发出声音。说吧，你都发现了什么？"盗贼头儿大声制止。

"我发现了一个院子，一位头发、眉毛和胡子都雪白的老头儿正坐在院子里吹着笛子。见我听得入迷，老头儿就又吹了三首曲子，还把笛子送给了我。"角兵卫绘声绘色地讲述道。

"看来你也忘记了自己的身份。把笛子扔了，再回去看看！"盗贼头儿责备道。

角兵卫只好把笛子放到草地上，返身进村。

29

最后一个跑回来的是刨太郎。

"你看见什么好东西了？"盗贼头儿问。

"我发现了一个大财主，他有幢气派的房子，里面的家具不仅样式新颖，做工也非常考究。最神奇的还是他客厅的天花板，是用一整块萨摩杉树的木板做成的。要是我父亲看见，还不知他有多高兴呢！"刨太郎滔滔不绝。

"你就没想过把那块天花板拆下来？"盗贼头儿讥讽道。

刨太郎这才想起自己的盗贼身份，于是低头跑回了村子。

31

突然，远处传来"抓盗贼、抓盗贼"的喊声。盗贼头儿一惊，急忙从地上爬起来。

他四下瞧看，只见一群孩子挥舞着绳子跑来跑去。

"原来是在做游戏啊！"盗贼头儿松了一口气。

"叔叔，能帮我牵一下牛吗？"盗贼头儿的身后传来一个清脆的声音。

盗贼头儿转身一看，原来是一个眉清目秀的牧童，手里牵着一头小牛犊。还没等他反应过来，牧童已经把缰绳塞到了他的手里，转身和其他孩子们玩儿去了。

　　手里牵着小牛犊，盗贼头儿别提有多高兴了。

　　"这下可以在徒弟们面前炫耀一番了，我不费吹灰之力就得到了一头小牛犊。"盗贼头儿想。

　　小牛犊很温顺，偶尔用尾巴赶走苍蝇和蚊子。盗贼头儿望着小牛犊，不由得笑出声来。

　　"太好了，真是太好了！我这是怎么啦，怎么哭了？"盗贼头儿热泪盈眶。

是啊，盗贼头儿确实哭了。此前，他一直被人冷眼相待。哪怕是他主动搭讪，有说有笑的人们也会立刻停下来，把脸转到一边。

　　可是，牧童却非常信任他，还将小牛犊交给他保管，而小牛犊也一直温顺地站在他身旁。

　　盗贼头儿还是第一次遇到这种事儿，能够得到别人的信任。

　　"这是多么美好的事情啊！"想到这些，盗贼头儿竟然号啕大哭起来。

　　盗贼头儿开始回忆，仿佛又回到了孩提时代，他牵着妈妈的手，随心所欲地和妈妈说着话，所有人都对他们投来温暖的目光。

　　可是，不记得是什么时候了，妈妈走了，去了一个很远的地方，就再也没回来。他被一个老头儿抱走，从此开始了盗贼生涯。那个老头儿就是他的师父——一个老盗贼。师父教会了他偷盗、放火，因为从小就做这些事儿，他自己也心安理得。

"唉，真是往事不堪回首啊！"盗贼长叹一声。

黄昏时分，松蝉停止了鸣叫，村子里升起袅袅炊烟，红色的火烧云蔓延开来。

　　盗贼头儿一边想，一边静静地等待着。

　　"牧童也该回来了，等他一回来我就把小牛犊还给他。"盗贼头儿牵着小牛犊暗想。

　　这时，四个徒弟回来了。

　　"头儿，我们回来了！"四个徒弟兴冲冲地一齐说道。

　　"头儿，您果然不一般！我们还在村里转悠，您却已经得手了！"釜右卫门看着小牛犊说道。

　　"是啊。"盗贼头儿随口应了一声。

　　"头儿，你怎么了，不高兴吗，为什么哭了？"海老之丞问道。

　　"眼泪这东西，怎么流起来就没完？本想和你们炫耀一番，可现在……"盗贼头儿擦去泪水。

"头儿，这次我们可看清楚了，村东头儿的人家鸡鸭成群；村中间的人家粮食满仓，仓门的锁一拧就开；村西头的人家是木房子，三两下就能刨开。"角兵卫讲述着村里的情况。

　　"嗯，知道了。"盗贼头儿有气无力地说。
　　"您就不夸夸我们，我们这次可是看得清清
楚楚！"角兵卫有点儿不甘心。
　　"角兵卫，你没看见头儿在伤心吗，他一定
有什么烦心的事儿。"刨太郎肯定地说。
　　"头儿，快告诉我们！"徒弟们不约而同地
问道。

　　"这头小牛犊是一个牧童托我保管的，可是这么晚他还没有回来，你们帮我去找找他好吗？"盗贼头儿的声音变得柔和起来。

　　"头儿，到手的东西不要，我们还是盗贼吗？"釜右卫门迷惑不解地问。

　　"这个……你们不懂！"盗贼头儿想起牧童真诚的表情，眼睛又湿润了。

　　盗贼头儿用颤抖的声音向徒弟们讲述了自己的过去，徒弟们也突然有了同样的感受；五个人哭作一团。

48

　　听了盗贼头儿的话，四个徒弟决定寻找牧童。

　　"你们一定要注意，他是个眉清目秀的小男孩儿。他穿着一双草鞋，七八岁的样子。你只要看一下他的眼睛，就能感受到他对你的信任。"盗贼头儿描述着牧童的模样。

　　徒弟们出发了，盗贼头儿还是不放心，于是牵起小牛犊也跟着进了村子。

　　他们在房前屋后仔细地寻找，可是一点儿线索都没有。他们向村里人打听，村里人也都说没看见，甚至说小牛犊也不是这个村的。

"谁还有什么办法？"盗贼头儿有些急了。

"是啊，谁有办法？"釜右卫门附和道。

"我看是找不到了！"海老之丞疲惫地躺在一块大石头上说。

"我一定要找到他，把小牛犊还给他。"盗贼头儿的态度十分坚决。

"我们去报案吧！"角兵卫建议道。

"我们是盗贼，怎么去报案呢？"刨太郎神色有些慌张。

"还是去报案吧！"盗贼头儿抚摸着小牛犊，想了想说。

"头儿……"刨太郎还想说什么，可盗贼头儿已经牵着小牛犊向前走去。

盗贼们来到村长家，这里的案子都是由村长
处理的。

　　村长是个白胡子老头儿，戴着一副大眼镜。
一看村长是个老头儿，盗贼们立刻放心了。

　　"有一个牧童不见了，怎么办？"盗贼头儿
向村长详细讲述了事情的经过。

　　"我看你们不像是本地人，你们都是从哪儿来
的？"村长上下打量着五个盗贼，慢吞吞地问道。

　　"我们从很远的地方来，只是路过这里。"
盗贼头儿的声音有些颤抖。

"你们该不会是盗贼吧？"村长推了下眼镜，凑近盗贼头儿仔细瞧看。

　　"怎么会呢，我们都是手艺人，有补锅匠、锁匠和木匠，您看他们手里还拿着工具呢！"盗贼头儿做出一脸委屈的样子。

　　"也对，如果你们是盗贼，就不会把别人托付的东西还回来了。我们村就怕有陌生人来，我们曾经上过当，所以只要见到陌生人，首先会想到他是骗子、小偷。这是我做村长的责任，请见谅。"村长实话实说。

　　"你们一定都累了吧？我这儿恰好有一瓶好酒，咱们就一起喝酒赏月吧！"村长亲切地拍了拍盗贼头儿的肩膀说。

　　盗贼们和村长一起围坐在桌旁。几杯下肚，盗贼们完全放松了，忘记了自己的身份，也忘记了自己此行的目的，尽情饮酒，有说有笑。

　　角兵卫为大家唱歌、跳舞，后来，全桌人也跟着跳起舞来。

跳着跳着，盗贼头儿发现自己又流泪了。

"我们的头儿今天总是哭哭啼啼，莫非我们进村时他就喝了酒？"釜右卫门满脸疑惑地望着盗贼头儿。

"不可能，头儿不是那样的人！"海老之丞肯定地说。

"头儿是个多情的人，所以爱流泪。"角兵卫喝得满脸通红。

刨太郎没理他们，在一旁研究起了桌子上的雕刻。

　　直到第二天清晨，盗贼们才离开村长家。

　　他们走在乡间的小路上，觉得非常轻松。村民们主动上前和他们打招呼。村民们听说他们为了不负别人的重托，整整等了一天，最后还把小牛犊交给了村长，所以都认为他们是非常信守承诺的人。

　　"看，那个就是釜右卫门，他是个非常好的补锅匠，我家的锅破了个洞，他说二十个铜板儿

就能补好。"一个大婶说道。

"给你补好了吗?"一个村民问。

"没有,他去找小牛犊的主人了,没时间啊!"大婶遗憾地说。

"现在应该有时间帮你补锅了。"村民们将目光投向釜右卫门。

"头儿，我该怎么办？"釜右卫门小声问盗贼头儿。

　　"那还等什么，快去补啊，那是你的拿手绝活儿！"盗贼头儿笑着说。

　　"好嘞，您就瞧好吧！"釜右卫门高兴得跳了起来。

　　锅很快就补好了，釜右卫门刚想歇一会，发现又来了很多人，他们手中拿着破壶、破锅。

　　"大家一个一个慢慢来。"釜右卫门高声说道。

看到海老之丞和刨太郎也都带着工具，村民们便也邀请他们去家里做活儿。

　　"头儿，你说我去吗？"海老之丞抖动着那串铁片慢吞吞地问道。

　　"头儿，我也去吗？"刨太郎望着盗贼头儿问道。

　　"去吧，乐于助人是美德！"盗贼头儿的脸上笑开了花。

　　角兵卫来到村里的小舞台，吹起了笛子，笛声悠扬悦耳。村民们不约而同地围过来。在角兵卫笛子的伴奏下，大家欢快地跳起了舞。

盗贼们要离开村子了，村民们纷纷赶来送行。

在村民心中，他们是爱哭的头儿、好心的补锅匠、妙手锁匠、爱笑的杂耍艺人和沉默的小木匠。

盗贼们刚走出村口，盗贼头儿好像突然想起了什么，一下子站住了。

"头儿，怎么了？"刨太郎问道。

"我忘了一件事儿，还得再去一趟村长家。"还没等徒弟们反应过来，盗贼头儿就径直向村长家走去。

　　五人个气喘吁吁地来到村长家。

　　"村长，等一下，我还有事儿要说！"盗贼头儿跑到村长面前，扑通一声跪倒在地。

　　"你把我抓起来吧，其实我们都是盗贼。我是头儿，他们是我的徒弟。本来不想坦白，可是看到您这么信任我们，我觉得不能再欺骗您了。"盗贼头儿坦白了事情的经过。

　　听到这些，村长马上惊呆了。

"不过，他们几个是我刚刚收的徒弟，还没做过任何坏事儿，请您饶了他们吧！"盗贼头儿请求道。

　　最终，他们得到了村长的谅解。

　　第二天早晨，五个人出了花木村，向不同的方向走去。

　　"做人要心地善良，以后绝不能再做盗贼了。"他们牢记着村长的嘱托。

  五个盗贼都改邪归正了，过上了自食其力的生活。

  可那个放牛的牧童是谁呢？是他救了花木村，还把五个盗贼变成了好人。

  人们非常想找到那个牧童，把小牛犊还给他，可怎么都找不到。后来，那头小牛犊也消失了，这真是一件不可思议的事情啊！

73

几年后的一天，村里举办晚会，台上站着一位少年，他一会儿舞狮子，一会儿又吹笛子。

　　他身后还站着四个人——爱哭的头儿、补锅匠釜右卫门、锁匠海老之丞和小木匠刨太郎。

　　当然，舞狮子的人就是杂耍艺人角兵卫。

　　台下的观众是花木村的村民，正在为精彩的表演鼓掌、欢呼。

　　这就是花木村，据说，只有心地善良的人才有资格住在这里。

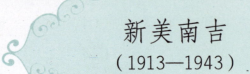

新美南吉
（1913—1943）

　　新美南吉，日本著名儿童文学作家，原名渡边正八。他从中学二年级就开始对文学产生浓厚兴趣。

　　新美南吉创作了很多儿童文学作品，但大多是在其逝世后出版的。主要作品有《毛毯和钵之子》《爷爷和玻璃罩煤油灯》《新美南吉全集》等。